¿Qué harías con una cola como ésta?

Steve Jenkins y Robin Page

Editorial EJ Juventud

Provença, 101 – 08029 Barcelona

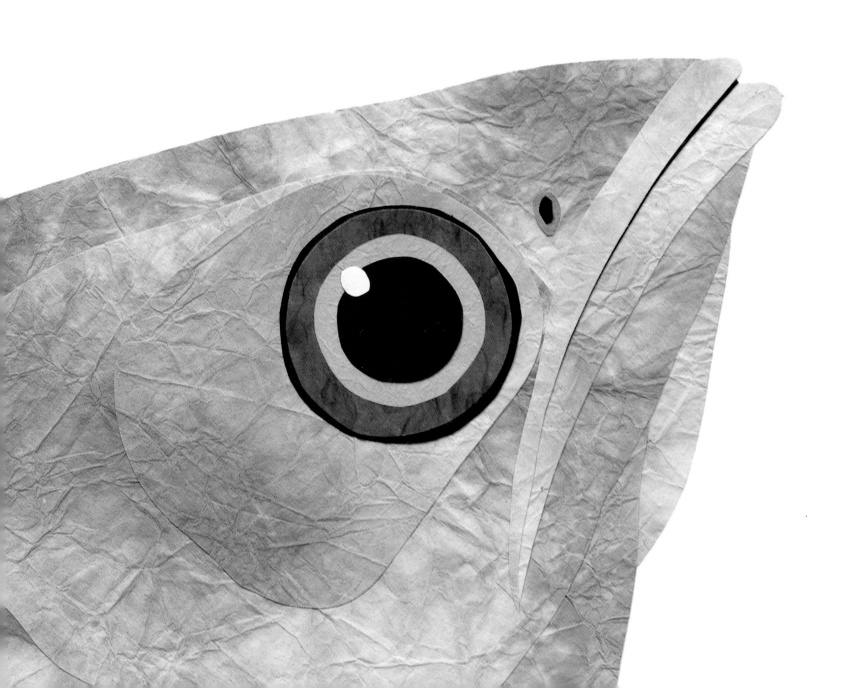

Los animales utilizan sus narices, orejas, colas, ojos, bocas y patas de maneras muy diferentes. A ver si puedes adivinar a qué animal corresponde cada parte y cómo la usa. Al final del libro encontrarás más información sobre estos animales.

¿Qué harías con una

nariz como ésta?

Si fueras un
ornitorrinco,
utilizarías
la nariz
para cavar
en el barro.

Si fueras
una hiena,
encontrarías
tu próxima
comida con
la nariz.

Si fueras un elefante, utilizarías la nariz para darte un baño.

Si fueras un topo, utilizarías la nariz para encontrar el camino bajo tierra.

Si fueras un aligátor, respirarías por la nariz cuando te escondieras bajo el agua.

¿Qué harías con unas orejas como éstas?